詩集

遠い日の夢のかたちは

崔 龍源

コールサック社

詩集

遠い日の夢のかたちは

目次

詩集

遠い日の夢のかたちは

崔　龍源

空のひとみ

わたしは捨てられた巫女
だからわたしの手は青白い
わたしは一度も結婚しなかった女
わたしの静脈は世界中をめぐる川になった
それはむかしむかしのこと
戦争が　歴史にしるされた無数の戦争が
わたしを犯しつづけた　ゆえにわたしが
産んだ子どもたちもまた　戦争で
都市や町や村や草原を凌辱した
わたしの肩を踏みにじった軍靴
わたしの髪を燃やした焼夷弾

わたしの心臓を爛れさせた枯れ葉剤
わたしを一瞬に消し去った原爆
わたしを書いた書物はみな
戦火に焼けた　わたしはだから
存在していないのだ　どこにも
ただわたしのうわさだけが
民衆の口の端《は》にのぼり　わたしは彫像であったり
土器にきざまれた絵だったりした
わたしの乳房から　小麦は芽生えた
わたしの秘所から稲は生えた
わたしの唇から葡萄酒はあふれ
わたしは果樹園そのものでもあった
高層ビルの窓という窓から見える
風景の一部ではなく全体であった
だが消失点でもあった

わたしが消えた地点から
地上のはじめの母は生まれたのだ
毛むくじゃらの　やっと二本足で立った彼女は
家族のしあわせのみを祈って死んだ
わたしは満足だった　彼女はつつましく
こころやさしかったから　わたしは彼女を誇りとした
アフリカの大地の緑
わたしはやがて一本の樹木となった
わたしの樹冠をかすめて飛ぶ鳥は
わたしをたたえて鳴いた
わたしの根元で眠るけものたちは
わたしにたくさんの喜びを与えてくれた
だがわたしは息子たちを亡くした女
ホロコーストや難民キャンプで
息子を捜しつづける女

一度も結婚しなかったわたしにとって
世々生まれた息子たちはわたしの息子
世々地球儀をまわしつづける子供たちも
ストリート・チルドレンも　地雷で
足を失くした少年兵も　戦車に
轢かれた老人も　ホームレスの男も
わたしがいちまいの枯れ葉でないとしたら
わたしは大地であるだろう
わたしが貝殻でないとしたら
わたしは海であるだろう
わたしはまだ名付けられていない
わたしはたしかに生まれたのだ
大地にはわたしの足跡があり
海辺にはわたしの築いた砂の城がある
わたしは生きつづけている

わたしが一羽の鳥でないとしたら
わたしは広がる空であるだろう
ほら　空には　わたしを映しているひとみがある

路上

永遠ほど遠いところから
来たと言った　ランルのような翅をふるわせて
何しに？　ぼくは問うたが　答えない

あっと言う間だった　人生は
永遠ほど遠いところから来たきみには
ぼくの嘆きはわかるまい
そろそろ幕を下ろすころあいかもしれないが
ぼくは知りたいのだ
永遠ほど遠いところとは　どこだろう

逝って　未知のものになりうるだろうか
たとえば一羽の鳥に食べられるかもしれないきみは
その胃袋にとけていったしゅんかん
新たないのちへ移行するのだろうか
それともその鳥は　一匹の蛇に
呑み込まれるとき　死そのものと
同化するのであろうか
死には形があるように思われる
形と断定するのがはばかられるなら
一種の相というものがあるような気がする

死と生の境目あたりが
永遠と呼ぶにふさわしい
とすればきみは　天と地のシキミを
超えたことになる　飛翔とは

それほどのことが可能なのか
飛べないぼくには
たましいそのものとならなければ
把握できないことか

死から生がうまれ
生から死がうまれる
世界とはこれほど単純だ
と言ってしまえば　きみは激しく翅をふるわせて
世界はそれほど単純ではないと言う
だがひっきょう生と死の二通りなのだ
だから永遠ほど遠いところとは
今生きてあるここ
と言ってもいいのではないか
だが　ここは　どこだろう

きみが　力尽きて　路上に横たわっていることは

遠い日の夢のかたちは

夢はひとつも叶わなかったね
夢はみんな滅びていったね
ぼくは妻と　うまごやしの野原で
無言に心と心で話し合っていた

すると遠くの空に　考え深げな雲が
浮かんでいて　それがとてもなつかしい
気持ちをいだかせるのだった　妻も
じっと雲を見入り　無言に
何か話しかけているようだった
見えないようでいて　見えている何か

名付けることのできない何か
郷愁のようでもあり
若い日のほろ苦い悔恨のようでもあり
それでいて妙に胸こがす何か
数十億年の前にもあって
いまも在る何かのけはい

妻とぼくは　空を回遊する
魚のようになって　こころを
泳がせている　それは
引き寄せられたからにちがいない
傷んだこころを　いやすかのように
空の遠くをただよい　けっして近くには
やって来ない何か　とどまることもなく
四十億年前から　ぼくと妻を

知っていたかのように　なつかしげに
いざなっている　見えないものでありながら

見えている何か　あれがもしも
地球にはじめて生まれたいのちが　四十億年前から
見ていた夢のかたちだとしたら　ぼくも妻も
もう少し夢を見ていられる　もう少し生きてゆくために

さくら

さくら　さくら　さくら
咲き盛る花を見上げる
きみののどはなまめかしい　そして
髪をあげたきみの耳朶もさくらいろ
ぼくははじらうように
きみの見上げるさくらの花に眼を移す
もう何十年ともに暮らしたろうと思いながら
またたくまに歳月は過ぎていったね
ぼくはきみを愛し得たろうか
一度も愛に遅れたことはなかったろうか
いやきみの愛のみを求め　あるいは愛に先走り

きみを苦しめたのではないだろうか
愛の意味も解けないままに
さくら　さくら　さくら
さくらの花は下を向いて咲くのだということを
こんなに年を取ってはじめて知ったように
愛の意味をいま　知り得ていようか
風が吹き
さくら　さくら　さくら
花びらが散り交う
きみはさくらの花びらのゆくえを追う
空に行き着くさくらの花びらがあればいいね
と言いながら　いつまでもいつまでも空を見ている
空に行き着くさくらを見たら
ねがいごとが叶うのだと言いながら
きみにどんなねがいごとがあるのだろう

教えてほしいと思うけれど
空の一点を見入り続けるきみのまなざしが
すずしげだから
ぼくは心のなかに
何か透明なものを受け取った気がして
さくら　さくら　さくら
思わず口ずさんでしまった
ほほえみながらふり返るきみの髪に
さくらの花が
ひとひら　ふたひら　みひら
ああそのとき　ぼくはふと思ったのだ
命が絶えてなお　残るもののことを

キリンの唄

キリンが空を見上げている
耳元をよぎる蝶のゆくえを追うようにして
やさしいキリン
戦禍の絶えないこの星の
地上のどこもかしこもかなしみでいっぱい
そのなみだをぬぐうはずの
愛はどこへ行ったの
眼に浮かべているのはひとしずくの涙
それとも無言の空
葉っぱを口に入れながら
何を夢みているの

やさしいキリン
死は水色の羽根を持っている
いのちの生まれる方へ
死者たちを連れてゆく蝶
羽根にくるんで
やさしいキリン
耳をつんと立てて
命が生まれる音を聞いているの
とおいところから降る雪
雪の音を見ているの
空を見上げて
いのちは何にでもなれる
だから自分でいようとする
やさしいキリン
やさしいキリンのままで

静かに胸に満ちてくるものを
たたえている　たとえば原初の
海のように　やさしいキリン
日の光がふりそそいでいる
音楽のように　日の光の弦《いと》を
つまびく見えない手　見えない指
そこにこそ小さな真実が隠れている
ほら　海の上を歩く人を
のぞいてごらん　空の中に
やがて星々が輝き出す
その星のひとつにすぎないんだ
何がって
やさしいキリン
眠りながら考えておくれ
愛することはだれにでもできる

だが愛することでしかなぞはとけない
行方不明の愛が
やさしいキリン
おまえの中にある　だから
かけがえのない存在としておまえは在る　と
しるすのはよそう　はじめから
かけがえのない存在として
生まれたのだから　祝福の大地に
四本足で立って
長い首を空に突き出して
やさしいキリン
おまえは何にでもなれる
だからキリンでいるの
それがいちばんしあわせなことなの
やさしいキリン

地平線をまたいで
立っている人がいるよ
見えるものがすべて
真実ではないにしても
やさしいキリン
おまえは真実《まこと》

ハンマー

死者たちはどこにいる　戦争や
原爆で死んでいったひとたちは
死者たちはここにいる　無明の
こころを抱きながら　それゆえに
縄跳びをしたり　ままごとや
鬼ごっこをしたりして　安らかだったとき
いちばんしあわせだったときに戻って
遊んでいる　呆けたように　愚者のように
幼い日の純な気持ちで　平和を願いながら

「バーボンのおかわりをくれたまえ」

見ると　身なりのきちんとした老紳士だ
ジャズがながれているバーのなかで
椅子がきしんだ　ぼくと目が合った
老紳士はまっすぐぼくの顔を見入ると
「死者たちをまぼろしと思うのはやめたまえ
　かれらこそ　今もほんとうに生きているのだから」
澄んだ瞳をしていた　なみだが　老紳士の頬を
伝っていたからかもしれない　ぼくは　目を
そらすことができなかった　にぎったままの
ビールグラスがぬるくなってゆくようだった
「あの死者たちをまぼろしと呼ぶためには
　きみがほんとうに生きていかなければならない」

死者たちはここにいる　どこにも
消えたりしていない　戦争の傷跡に

流れる血を　てのひらでおさえながら
独楽をまわしたり　羽子板をついたり
竹馬に乗ったり　缶蹴りをしたりして
遊んでいる　うしろの正面だあれ
だれからも見つけられずに
名前を呼ばれることもなく

「かれらを死者と呼ぶためには
異形のものとならなければならない
ラスコーリニコフのように闇を愛し
ムルソーのように太陽を憎まなければ
ならない　すべてを見透かしていながら
何もすることのなかった闇と太陽に
なってはならない」　ジャズが流れている
モンクのピアノが　マイルスのサックスが

「酔いしれて　きみも死者のよみがえりを
　知りたまえ　さあ　このひとにビールを」
老紳士の目があやしく光る　じっと
ぼくを見透かす目こそ闇のなかの太陽だ
「ぼくを生きていると思うかね　きみは」
老紳士が　ぼくをまたじっとみつめる
ビールを飲む　だが唇も舌も心も渇いている

死者たちはここにいる　いつまでも
死ねないで　愚鈍なほどに純粋に
声にならない声を耐えながら
カルタをしたり　おはじきをしたり
ビー玉やメンコをしたり　かくれんぼで
遊んでいる　もういいかいと呼んでも

まあだだよ　と答え続けられて

「戦争が風化したとき　三百八十万の
犠牲が忘れ去られたとき　われわれの
死が無駄だったのかもしれないと
断念の底に突き落とされたとき
ほんとうの永眠《ねむり》がおとずれるのだ
よみがえることができるのだ　きっと」
そのあと沈黙が来た　沈黙の器のなかに
揺れ動く水のように　ぼくはいた
「わたしの死は余生だった」老紳士が
ぽつんと水たまりに落ちる雨のように
呟く　眼鏡のふちをその雨がぬらしている

死者たちはどこにいる　戦争や

原爆で死んでいったひとたちは
死者たちはここにいる　沈黙に耐えられなくて
言葉がほとばしる「もっと生きたかった
もっともっと　生き抜きたかった　戦争に
逝った三百八十万の死をあがなうために
だからきみがきみを　ほんとうに大切にして
生きることでしか　死者たちはよみがえる
ことはできない　と知りたまえ　さあこの人に
もう一杯　ビールをくれたまえ」　老紳士は
そう言うと　みずからの流す涙のなかに
消えていった　最後の言葉が　再び訪れた沈黙と
音楽の途絶えたバーの静寂のなかで
雨音のように響いていた　「そしてぼくには
希望を　なにごとも見透かす光をくれたまえ」

窓

子どもたちと年寄りと
体の弱いものたちは
別の道を行かなければならなかった

ぼくには秘密の窓があって
そこからのぞくと　いつも
さびしげな少年の顔が見える

それはきっと母と別れるときの顔
なぜ離ればなれにならなければ
ならないのか　さびしく訴えている顔だ

いやだ　お母さんと別れるのはいやだ
そんな叫びや意志表示を
うばわれた弱弱しい顔

はかなげな顔だ　理不尽な
何かが　陰惨な力が　少年の
背後にあって　のどにつまった

お母さんという声を耐えさせている顔だ
どこに　連れていかれるのだろうと
不安におびえている眼をはりつけられた顔だ

子どもたちと年寄りと
体の弱いものたちは

別の道を行かねばならなかった

ぼくには秘密の窓があって
お母さんの温かい手から引き離された
かなしげな少年の顔の向こう

アウシュヴィッツのガス室の
窓のない四角い建物が見える
何十万のお母さんと言う声のつまった魂魄が

月の夜と虫の声

まつむしが鳴いていた
ムラサキツユクサの花のかたわらで
友は公園のベンチに座って
りんごをかじっていた
少し血のにじんだりんごを見せて
きみのなかに流れている民族の血
と友は言った　それから
いつかきみとは会えなくなってしまうかもしれないね　と
なぜ　とぼくは聞いた
ソウルの秋　まつむしは変わらずに鳴き

風もないのに　人も乗っていないのに
シーソーが揺れているように見えた
友は空を見上げていた　かじりかけのりんごは
友のてのひらのなかで　傷ついた小鳥のように
ふるえていた　友はおもむろに口を開いた
ぼくの疑問には答えずに
月は平等に人を照らしている　きみが日本に帰っても
ぼくら　同じ月を見ているんだね
きみを思い出すよ　特にこんなにうつくしい月の夜は　と

それは戒厳令が解かれて数日後のことだった
もう遠い昔の話だ　だがひとり
虫の声を聞いていると　よみがえってくる思い出
眠れない夜の連なりと　ひと知れず
涙をぬぐった年月を重ね

ぼくは年老いてしまった
友は光州事変で逝った

まつむしの声が聞こえる
ムラサキツユクサの花も咲いている
現在暮らしている町の公園のベンチに座り
ぼくはまつむしに　友の声を聞いている
ぼくが詩を書いていることを
知っていた友は言った
生きるだけ生きて
虫のように鳴き暮らせ
ほんとうに　友がいまも生きているとして
そう言うだろうか
それだけでいいのだろうか　詩を書くだけで
ぼくは　見上げる月に聞く　十六夜の月が

ムラサキツユクサに結んだ露を
いのちあるもののように光らせている
光りながら露が落ちる
まつむしの声が途絶える
代わりにぼくが鳴いてみようか
でもあんなに心に沁みとおるほど鳴けはしない
友よ

骨灰

少年の日の血のような
椿の花が咲いていた
コリア・木浦・玄慶面《ゲンカリ》

井戸には水を汲む
ハルモニの姿はなかった
もう新しい命になっているのだ

ぼくにサラン*という言葉を
はじめて教えてくれた従弟は
たくましい農夫になっていた

雪は夜から小止みなく降り
マッコリで体をあたためて
ぼくは眠った　父のふるさと

その崇高《けだか》い山河は滅ぶことなく
父のゆるぎない永眠《ねむり》を抱いて
満ち足りたように眠っていた

朝　雉の鳴く声で目覚めた
雪道を踏んで　黄海に
向かった　父の骨灰を持って

潮騒は鳴っていた　サラン
サランと　父の骨灰を

海は　その身に溶かし込みながら
やがて黄海の魚は美味しくなるだろう
父の骨灰をたらふく食べて
父が一つの生の実りへ入って行ったあかしに

*サラン……愛

ひとひらの雲

空には雲が流れていた
雲には父が映っていた
父を憎んでいたのかどうか
父を愛していたのかどうか
今となっては　ひとすじ
なみだがほほを伝うばかり

父をさがしていた　ずうっと
ぼくにとって　父は不在の人だったから
〔芽むしり仔撃ち*〕
急に脳裏をかすめることば

風に乗って　羽根のあるものも
無いものも　ただよっている
父を否定することで
ぼくは存在し得た　父はぼくの幼いころから
　おまえはいつか　おいばころす
日本人である息子は　いつか
　朝鮮人である父をころすのが定めたい　と言い続けた
とおくで鳴いているのは
羽根を失った蝶々であろうか
存在することのむなしさを
鳴いているのは　父であろうか

ふと見ると側溝のわずかの土に
しがみつくように咲いている
たんぽぽのちいさな花

ぼくのいのち　今在るいのち
ぼくのいのちとともに
生まれつつあるものたち
父をさがしていた　ずうっと

植民地時代　父は
どんな苦しみを　十字架として
受けたのだろう　日本籍である
息子をおそれるほどに
とおくで鳴いているのは
羽根をなくした鳥であろうか
そんなすがたで存在することの
かなしみを鳴いているのは……

ひとひらの雲を追いかけて

ぼくは今日　ひとつの山を越えるだろう
父を映した雲のゆくえを
つき止めなければならないから
空に雲が溶け入って
消えるにしても　ぼくは
どこまでも追いかけていくだろう
新しい時代の
父をさがしているから

＊〔　〕大江健三郎

無人の譜

駅に降り立つと、プラットホームのひび割れに咲く小さなすみれの花が出迎えてくれた。知る人もいない町の無人の駅。駅舎の中には、春の祭りを知らせる手書きの筆のポスターが、吹き抜ける風に鳴っていた。そのポスターの左下の画鋲がひとつ取れていて、ぼくはなぜだか画鋲をさがすために腰をかがめた。そして見つけた一枚の切符。降り立った駅の名はしるされていず、ただ——ふるさと行——とだけ印字されていた。しばらくぼくは、裏返したり表にしたりしてながめていたが、奇妙だと思いながらも、ズボンのポケットに入れて、駅の改札口を出た。

駅は坂道の途中にあった。左の方を見ると、海がふくらんでいた。海の方へぼくは歩いた。坂道は狭く、その両側にある板張りの家々は、ひっそりとしていた。人声も聞こえず、皿を洗う音や、テレビやラジオからもれる声や音も聞こえなかった。無人の町？　何かいぶかしい気持ちをいだきながら、ぼくは坂道を下りていった。すると海沿いに走る道路。そこにも車は通っていず、ぼくは暢気に横切っていった。コンクリートの防波堤があって、そこの階段をのぼっていくと、入り江に小さな砂浜が広がり、漁船が一つ二つ三つ砂浜の上に、陽を浴びていた。潮の香りが鼻をついた。誰もいない。砂の上には、僕の影だけが浮かび、遠い水平線へ伸びていこうとしていた。

夢を見ているのだろうか。ぼくがあたりを見回すと、そこは見覚えのある風景に変わっていた。朽ちた舟、舟には雪が降り積もり、砂浜は、どこまでも白く続いていた。ああここは父のふるさと。十八歳の日にはじめて訪れた黄海のほとりの村。そう思ったとたん風景は一転した。目の前には島々が点在し、海水浴客でにぎわっていた。ああここはぼくの生まれた九州S市。母の育った町。母に連れられてよく訪れた入江の砂浜。

ふるさとがふたつ。ふとぼくの中から、そうつぶやく声が聞こえた。そして目覚めた。眠れないまま、ぼくは闇をじっと見つめていた。しあわせなのかもしれない、ふたつの祖国を持つことは。ぼくは闇に向かって、ひとりつぶやいていた。妻の寝息のかなたに、韓国とも日本とも、どちらともつかない波の音を聞きながら。「どこで聞いても波の音は同じだろうよ」そんな闇の中から聞こえる声がいつか耳を領してゆくなかで、先刻見た無人の夢を、いぶかしい思いで思い出しながら、まんじりともせず夜の明けるのを待った。光がむしょうに恋しかった。

わがティアーズ・イン・ヘブン

母は父を殺したいと言った
殺したいほど愛していると言うかわりに
人生が夢だとすれば　夢のあとに
さやさやと水だけが流れ
雨だれのようなぼくらの生は
実は誰も傷つけもせず
傷ついたりもしていないのではないかと思う
民族が違うということも
そのことでののしり合い　互いを
けがし合い　憎み合ったとしても
それはやはり　生きて

愛を夢みたものの
はかないあらがいに過ぎず
母は父の骨をいとおしく
てのひらでつつみ
帰らんばね　帰らんばね
韓国に　かえりたかったとやろが
もう帰ってよかとよ　と言った
殺したいほど愛していたと言いたかったかどうか
ぼくはその前に　父の肉体が焼かれている間
焼き場の外へ出て　空を見上げていた
父を焼くけむりが　十月の空に
吸われ　穫り入れの終わった田んぼには
アカトンボが飛び交い
水たまりに尻尾をつけて
産卵していた　死んでゆくものと

生まれるものと　人と　トンボと
何も変わりはしない　ひとつの
いのちを分け合っているという
事実だけが　美しい物語を
編むようで　あの日　ぼくも本当は
父を殺したいほど愛していたと　骨を拾う
母の背中へ　そっとつぶやいたのだ

ポキン

ナガサキに原爆が落ちた日
母は　働いていた佐世保の海軍工廠の事務机で
折り鶴を折っていたという――折り鶴の羽《はね》が
ポキンと　紙なのに　ポキンと音を立てて折れたとよ
それから二日後　右半分焼け爛れた顔で　海軍工廠で
いっしょに働いていた加代さんが
出張先の長崎から帰って来たと言う
――自分のことよりも　家のことが心配やったとよね
――母さん　それから加代さんはどうしたの
ぼくが問うと　じっと虚空をみつめたまま
母は口をつぐんだ　目にはうっすらと涙がたまっていた

柱時計の鐘が鳴った
――それから折り鶴は折らんとよ
ポキン　ポキンと聞こえるとよ
――加代さんは亡くなったの
ぼくは母さんに　もう一度聞いたけれど
母さんは時計を見て――もうそろそろ
夕御飯の支度ばせんばね　そう言うと
しずかに立っていった　やがて
蛇口から流れる水の音が　ポキン　ポキンと
ぼくには聞こえた　加代さんは
そんな傷を負って　どんな人生を
送ったのだろう　戦争の日々のことを
語らない母　戦争を経験したほとんどの人がそうだという
口を開けば　恨みや怒りやかなしみや
むなしさや「混沌」が　母を

母でなくしてしまうのだろう
母と加代さんと　いっしょに働いて
いまもいっしょにそれぞれ生きている
そう信じつづけるだけで　充分
いや決して充分とはいえないけれど
それ以上はきっと　母にとって
死ぬほどつらいにちがいない
ああ　ひぐらしが鳴いている
ポキン　ポキンと聞こえるのは
母さん　あなたの背中に
崇高な羽を見たから
折られてもなお　生えるつばさを

虹色ペンギン

空を翔けている
虹色ペンギンが　母の日に
買ってきた赤いカーネーション
母は施設に入って　深夜
おかあさん　おかあさーんと呼んでは　廊下を
徘徊しているという　たぶん七歳にかえった母は
夢を見たのだろう　祖母に捨てられた夢を

虹色ペンギンは　どこへ
飛び去ったのだろう　幻視者となった
ぼくは　母をひとり施設に入れているうしろめたさに

耐えられないまま　赤いカーネーションを
運んでゆく　空はあくまでも青く
空のひとひらが　雪のように降りて来て
もうすぐ咲くあじさいの花びらになるのを見た

母のいる施設にゆくよりは
虹色ペンギンを　どこまでも追いかけてゆこうか
きっと母の生まれ故郷の海岸へ
翔け去ってゆくのだろうから
内部のない人間になったような気がするのだ
母の面倒を看て倒れるにしても
そちらを選ぶべきではなかったか　と

だが何を変えられるというのだろう
絶望よりは希望を

死者よりは生者を恋うたにしても
何を贖い　償えるというのだろう
ぼくの日常は　どこかぽっかりと深い穴があいたまま
その穴を見入ることを避けて過ぎてゆく
今が狂うべき時だとしたら　狂うべきではないか

虹色ペンギン
水平線をじっとみつめている
水平線まで　影が届くほどに　太陽に照らされて
地球は　寄せ返す波の雫のようにはかなくふるえている
しかしそこに住む命あるものの中を
つらぬくひとすじのものを
虹色ペンギンは見させようとしている
それが母の愛というものかどうか

ぼくは　やはり赤いカーネーションを持って
会いに行こう　なにも確かめられないにしても
母さん　ほら
虹色ペンギンがいるよ
空を翔けているよと
窓の向こうを指そう

ユクサあるいは囚人番号263《イ・ユク・サ》

——かつて李《イ》陸史《ユクサ》*という抗日運動家・詩人がいた

ユクサ　きみはどこから来て
どこへ行こうとするか　木の葉散るベンチで
きみの開いていた世界地図は　きみに
どんなかなしみをもたらしていたのだろう
きみの眼に浮かんだ涙は何を映していたのだろう
渡りの鳥たちが　列をなして飛んでいく
空を見上げ　きみは涙をごまかそうとしたけれど
きみの内部に翻転するものを　ぼくは見たのだ

きみとぼくの影がひとつ　秋の寂しさの形のようにある

公園の砂場に　忘れられたプラスチックの
スコップは　こわれた砂の城のかたわらで
静物と化していた　シュペルヴィエルの馬の見たものを
きみは見たと言った　それは文明の
終焉のことであろうか　枯れ葉は
素数に似ているときみは言ったが
それは精神の風景のことであったろうか
ユクサ　冬の相貌をして　きみの胸の奥
佇んでいるものは何か　語りたまえ
しーんと静まり返った秋の午後は
かさこそと音を立てる枯れ葉さえ慕わしい

立って　歩こうか　ユクサ　きみの行くところに
ぼくも行こう　歩調を合わせよう
道路は白く乾いて　遠くに皇帝ダリヤの

むらさきの花が咲いている　行く道が
来た道だとしても　歩いていかねばならない
ユクサ　きみが何に傷ついているのか
ぼくは聞くまい　きみが話してくれる時が来るまで
きみはけわしいものに触れたのだろう
過酷な道を過ぎてきて　ひととき休みを
乞うたのだろう　存在するものたちが持つ
やさしさに　そのこびることのない身振りに
だから枯れ葉を　拾い集めて　何枚も
胸ポケットに入れたのだろう　空には薄ら氷《ひ》のような
月　手をのべて捕らえようとするのは
きみが不安定な場所にいるからかもしれないが

ぼくに言えることはひとつ
愛してやればいいのだ　月を

ユクサ　きみはどこから来たのか
そしてどこへ行こうとするのか
いつの日か　教えてくれれば　それでいい
一杯また一杯　盃を交わそうではないか
あの曲がり角を曲がったところで　世界は
終わるわけではない　ぼくの行きつけの店がある
こわれた扇風機が天井にあって
世界の広さ・深さを知りつくした顔をしている
それを見上げながら飲むのも一興だ

そして静かに問うがいい　プロペラのような
羽根を持った扇風機に　ユクサ
きみはどこへ飛翔してゆくべきかを　きみの
内部で翻転するものの正体を
ほんとうの世界の在りようを

それからユクサ　無力なぼくたちに何ができるのか
語り合おう　インカの神話の鳥のように
ぼくたちにできることを探そう
しかしユクサ　酔っぱらうだけでは
酔いに　心の痛みをまぎらわせるだけでは　ユクサ
きみを捕らえて殺した罪を　ぼくの中の
日本人の血を　あがなうことはできないけれど

＊李陸史……本名・李源禄（一九〇四〜一九四四）

水のゆくえ

ヴィヴァルディの『四季』のしらべとともに
白神山地を流れる水の映像がテレビに映っていた
ぼくは家を出た　多摩川の
水の流れを見たくなって

線路沿いの道に　ドクダミの
十字の花が咲いていた
ぼくは十字架に逝ったひとを
思い出した　ひとというひとの

かなしみの同行者　幼稚園のころ
はじめての礼拝のとき　磔刑の

そのひとを見た　その痛ましい姿に
ぼくは泣きじゃくった　礼拝のたびに

ぼくが泣くので　外に連れ出された
おかしな子どもとしてあつかわれた

そのうなだれた姿を見るたびに
涙が出てしかたがなかった　今はもう

そんなこともありはしないが　憎悪や報復の
連鎖がある　罪もない子どもたちが死んでゆく

そのひとは何もしない　何もできない
ぼくも同じように……ぼくは岸辺でひとり

水を見入る……信じようと思う
水から生まれたいのちのゆくすえを

ながくとおい流転と沈黙のはてに
愛は実りに入る　と言ったそのひとのことばを

Kとの時代　――自画像に代えて――

ぼくら　都会の路地という路地をさまよい歩いた
そして扉という扉を叩いて
さがしまわった　とらえがたい
何かを　ぼくらは知った
ふるさとの九十九島の青い海を離れて
たがいの孤独を　見守り合うことを
一九七〇年代の後半を
ぼくらは徒手空拳で時代の波に漂うままに　生きていた
ビルの谷間から見上げる空は
ふるえていた　智恵子の見入っていた
空のように半べそをかいて

ぼくらほんとうは　ふるさとに帰りたかった
ふたり　都会になじまぬこころを抱いていた
つかみあうほどのけんかを
することはなかったが　心を
傷つけ合った　そしてそのあと
傷をなめ合うけもののように
さまよい歩いた　都会の路地という路地を

だが彼が教えたのだ
ヒメネスやヒエロニムス＝ボスやジャコメッティや河井寛次郎を
クロスビー・スティルス・ナッシュアンドヤングの
レコードをまわしながら
彼が拳をふり上げることを
彼が都会の風俗から　少し
距離を置くことを　彼が

ガラスのびんを　海に流すことを
彼はまだ死んではいなかった
自らいのちを断つことなどしてはいなかった
彼は結婚していた　二十歳の若さで
彼はすでに子供を持っていた
ふるさとの妻子をさがすように
彼は都会の路地という路地を曲がった
ぼくは尻尾を下げた犬のように
彼のあとをついてまわった
この国に戦争はなかったけれど
ベトナム・ラオス・カンボジア・アフリカに
戦争はいすわり続けた
ぼくら　手を伸べに旅立とうとしたのだけれど
ついに無力をかみしめるほかはなかった

東京で彼はナチスにつかまったりはしなかった
ユダヤ人ではなかったから　ぼくは
朴政権下の韓国に留学して　地下組織の人たちと
知り合った　ぼくはつかまりはしなかった
日本人の私生児として扱われたから
だがたった三ヶ月で　態よく日本に送還された
韓国で知り合った仲間は
いくたりかは捕らえられた
いくたりかは行方知れずになった
光州の路上で　そのうちの一人が
死んだと聞いたとき　彼はそばにいて
涙を流してくれた
一九八〇年代　一九九〇年代と
彼と生きた　このぬるま湯のような国で
ぼくら何を為すべきか

そして何をしてはならないのか
行き過ぎる人たちに問うては　途方に暮れた
都会の片隅で　他者との薄い皮膜が見えたとき
彼は妻子のいるふるさとに帰った
ぼくは孤独の淵を漂うように
都会に残った　ぼくらの見残した夢を
都会の路地という路地は呑み込んで
二十一世紀旗手　ぼくらは決して
そう呼ばれることもなく
年老いてしまった　ぼくらの敗残の影は
ふるさとの町にひっそりと伸びて
風に吹かれている
彼がいのちを断ったかたみに
彼がおしえたのだ　ぼくらが

都会の路地にさがしまわっていたものを
路地裏にうずくまらせたままではいけない
光の中に立ち上がらせなければいけないと
ああだがそれはいまでは彼を
思い出すよすがでしかないのだけれど
だが彼が強いたのだ　どんなところにいても
ぼくに　地平線の見える原野を心に抱いた
いっぽんのしずかな雑草《あらくさ》になることを

地図

水の音を聞きなさい
この星のはじめの母の
声を聞くために
風の音を聞きなさい
いまも漂泊をつづける
人間の種族の
はじめの父の声をさがして
そして　ひとつしかない
地図を書き上げなさい
人間はアフリカの
たったひとりの母から

生まれたのだから
三百七十万年前の
タンザニア・ラエトリの
大地に刻まれている
アウストラロピテクス・
アファレンシスの
父と子の足跡から
旅ははじまり　人類は
地上のいたるところに
足跡をしるしていったのだから
国境もない
色分けもしない
地図を
どう書くか
水や風に

聞いてごらん
さあ　耳を澄まして

世界へ

どうして世界はすべてを　不幸を戦争を不条理を
こうもやすやすと受け容れるのだろう　あくまでも
寛容な神のように　ニンゲン死んだら無になると
知ったのは　祖父が逝った小学校三年生のときだった

だがうべない切れなかった　何かにすがろうとした
神のようなものを見ようとした　野に咲く花や
翔《か》けわたる鳥　吹き過ぎる風や　夜空の星に
見えないものを　必死に追いかけようとした

それからだ　ゆえもなくかなしみが湧いてくるのは

生きてゆくことの意味がとらえられなくて
海のきりぎしの上や　山の断崖の突端に立った

死ととなりあわせにおのれを置けば　何かが
見えてくると思った　世界には　見えない何かが
存在する　それを　ぼくは体感したのだが

それが生きる意味を教えることはなかった
だがそれにすがりつくように生きてきた
世界が美しいと思えるときがある　憎いと思う以上に

ぼくはたまさかニンゲンに生まれただけだ　卵を
いっぱいつめこんだかげろうのように　食べる
口もないかげろうのように生まれなかっただけだ
世界がかげろうを生んだ理由　見えない

ものを生んだ理由をぼくは考える　戦争やテロで
命がやすやすと奪われたというニュースを聞きながら
やるせない思いを　かげろうのように　のどもとまで
びっしりとつめて　世界に問いかける　あなたはだれ　と

チェ・リサン

風が木の葉をさわがせている
ビルの谷間の公園のベンチに
ぼくは座って　胸に湧くさびしさや
怒りを鎮めている　空から
鳩が何羽か降りてきて　くちばしで
土をつついている　向こうの
ベンチには　ホームレスと思われる男
ぼくはチェ・リサンのことを思い出していた
チェ・リサンは何処へ行ったのだろう
もう四〇年も探しつづけている
街路樹の陰から　ぼくを見ている気がするが

見知らぬ人たちが　足早に
行き過ぎてゆくだけだ
そしてごらん　富んでいる鳩はいない
貧しい鳩がいないように
チェ・リサンの見ていた夢は
どこへ行ったのだろう
ビルの谷間から見る青空に
チェ・リサンの面影が映る
大学は休学して　なぜか
飯場から飯場を渡り歩いて
時々ぼくの下宿に　一升瓶を提げて
やって来た――やぁ　元気でいるかい
チェ・リサンの声がよみがえる
チェ・リサンの話すことは過激
南の独裁政権も北の共産主義も

チェ・リサンは信じていなかった
遠いどこかで　チェ・リサンは
目覚めているだろうか
涙もろかったチェ・リサン
酔うと　ひとつ覚えのトラジの唄を
うたった　三世のかれは母国語を
話せなかった　ミーンミンミンミン
蟬が鳴き出した　固有の生と死を
すべての生き物が望んでいるのだとして
シュラシュラシュラ　泣いているのは
チェ・リサンだろうか
チェ・リサンもまた　それゆえに
この街を捨て去ったのだろうか
だがときどきむしょうに聞きたくなるのだ
チェ・リサンのうたうトラジの唄を

チェ・リサンが雲に乗っているのだとしたら
ぼくは追いかけてゆきたい
チェ・リサンの心はビルの谷間の空ではなく
原っぱのうえに広がる空のように
広がろうとしていたのだから
チェ・リサンはあら草のように生きていた
四〇年変わらないぼくのなかの街で
チェ・リサンはぼくの名を呼ぶことはないのだろうか
ぼくはチェ・リサンの中で生きていたかったのに
彼が変えようとしていたのは何か
自分自身だったのか　それとも
ぼくのあこがれ　チェ・リサン
彼と二人なら　自己を変革し
世界を変えることができただろうか
そんな夢を見た時代もあった

日がかげったビルの谷間の公園
心の貧しい鳩はいない
驕《おご》っている鳩がいないように

三・一一狂詩曲《ラプソディー》

わずかに残った桜の花が散り交い
葉ざくらの葉のかげから見える曇り空の下で
ガレキはどこまでも広がっていた
あやうく残ったビルの上には破船が
ありえない形で載っていて
津波は堤防を越え　町をなめまわす
海獣の舌のように　家々を壊し　車を呑み
人々を　命あるものを　海へさらっていった
縁なき水に　海はなろうとしたのだろうか
今は重々しい沈黙のなかに身を横たえ

おとなしく潮騒の竪琴を奏でている
だが見よ　浜辺と陸地の境目に
カラスノエンドウのむらさきの小さな花は
いっしゅんに命を奪われた人たちの
たましい　そうとしたら摘んではいけない
あのガレキに覆われた土に咲く
いくまんの野の花は　踏んではいけない
手折ってはいけない　そう思うのは
その地に日常を過ごすわけではないから　と
あなたは言う　空漠としているぼくの胸を
満たそうとするあなたの声は
未だに三・一一の震災の
水面に揺れる藻のような　あるいは放射能におびえる
水たまりの水のような感覚から目覚めないぼくを
日常に　つなぎとめてくれているのだけれど

夜　眼をつぶると　荒寥とした浜辺が
まぶたの裏に浮かんで　聞こえてくるのだ
慟哭している魚や貝たちの声が
それは生き残った人たちの悲嘆
そうとしか思えず　絆がほどけないように
わたしはつぶやく　寝入っているあなたの耳元へ
北斗はうたうな
宙宇をさまよう死者たちへの挽歌を
オリオンは弾くな
生き残った者たちの悼みやすすり泣きを
それぞれの死と生に
ふさわしい内部からの声が育つまで
二十世紀から二十一世紀へと続く物質文明の神話を
くつがえす精神が　外部へと
にじみ出すまで　廃墟と化したのは

わたしの心も同じ　そしてあなたの魂も
いつ　どこへ歩み出せばいいかを知るためにも
前へ進むためにも
この絶望を掘り下げよ　あなたもまた
あの痛ましい海の底に届くまで　掘り下げよ
そうして生命が初めて生まれた海の底に届いたら
くみ上げよ　わたしは私自身に見合う恥なきことばを
あなたは　希望を

真贋の森で　――あるいは真贋の詩――

Ⅰ　二十一グラム

落ちてゆく　世界のふかみへ
これはこころのなせるわざだろうか
だがそこから発されるのがぼくの詩
あるいは終わることのないものがたりのはじまり

砂で造られた廃墟の町にも　深く
地下水脈がめぐっていて　だあれもいない
だあれも　人は死んだら　二十一グラム分
軽くなるのだという水の声を残して

二十一グラム　それが魂の重さだとしたら
たましいは深くあらねばならず
その深みから届く声が

始まりのない物語の終わりを
告げるとき　ぼくの詩はどれもこれも
二十一グラム分の重さを持つだろう

Ⅱ　沈黙の森で

沈黙は美しい　苔むした
岩も　樹齢百年を越えた
木々も　倒木から生え出した
ひこばえも　それらを包む森も

その生まれ　生きおおせた時の
嵩を負って　言い知れぬ苦悩や
悲哀を刻み込みながら　深い
沈黙のなかに身をひそめている

だが人は木や石をよるべにすることは
できない　沈黙を研ぎ澄ますにしろ
ことばは自ら発語しようとする

人のたましいはことばによってしか
発光しないのだとしたら　生きて
うたうことの意味を捨ててかからねばならない

Ⅲ　だれがぼく

だれがぼくであったのか
ぼくがだれというよりも
タチツボスミレの咲く野原で
ひとり天を見上げて聞いてみた

空は青くすみわたり　空は
花のようにほぐれていくかに見えた
だから手をのべて　散りこぼそうと
したのだ　空を　やがて空は外部であって

内部であることに　内部から外部へと
あふれでたものにすぎないと　思い
はじめたとき　だれがぼくであるのかと

問いはまたくりかえされ　ぼくは一本の
野の花と化していきながら　あふれ
出ようとした　青くすみわたった空へ　詩のように

木

あれ地野菊の咲く野原で　ひっそりと立つ
木は何ものも欲せず　ただひとつのものを
求めている……ぼくはゆっくりと
大地に額をつける　ひんやりとした感触

もうすぐ霜が降りてくるのかもしれず
木よ　美しい手を　空に差し伸べることしか
知らない木よ　「人は木の葉に過ぎないのだ
人類という一本の木の……」*　ぼくは起き上がる

木のなかで　大地に根をおろした人々が

ぼくを呼んでいるから　ただひとつの名で
ぼくは和合する　しなやかな小動物そっくりに
ぼくは広がる　空や水のように　ぼくは
ぼくを生み出すことを　もうすぐ知るだろう
何ものも欲せず　ただひとつのことを求める木とともに

＊〔　〕内は、パブロ＝カザルスのことば

森

深い断念を強いられていた
その一本の大いなる木によって

森は静寂のなかで　すべてを
受け入れようとする人のようだった

ふくろうが鳴いた　小動物の
目が　きらりと宝石のように光った

凪ぎの海に似た森　だからぼくは
人であるよりは魚　あるいは潮騒

小さな風が　黄落の葉を散らして
過ぎた　その一本の木は　目を
大きく見開いて　ぼくを見た
ぼくはその一本の木になるほかは
ないと思った　ふくろうの羽音が
聞こえ　小さな叫喚が　いっしゅん
森を戦慄させた　すでに言葉を捨てた
ぼくを　深い静寂がつつんでいった

沈黙の書物

書架には　背表紙に
何も書かれていない書物がある
取り出して　ページをめくれば
沈黙の吐息が洩れる
文字は書かれているが
くさび形文字　象形文字
古代アルファベットの組み合わせで
ぼくの前頭葉では読み解くことはできない
だが　どこから来たの
と声が聞こえる　それは
ぼくの声ではないことはたしかだ

たしかに存在することはかなしい
実存の意味もわからずに
人間の相貌をしていることは
どんなに内部を切り拓こうと
見えてくる先は闇だ
女の起伏のように
たゆたう河が見えるが
彼岸に立って　こちらを
じっと見ているものは
見知らぬ他人だ
敵意の眼　嘲笑を
秘めかくしたくちびる
だが水のおもてには
いつも人型をしたものが流れ
それはぼく自身であったり　死んだ

友たちや父であったりする
どこへ行くの　ぼくは問うが
問いを発するたびに
人型はくずれ　水そのものになって
翳りはじめる　夕闇が
つつむのかと思い　ぼくは
また書架のある場所に戻る
華やぎには遠く　暗緑の
森のような部屋で　下草になった
妻をまさぐろうとすると
妻はにわかに艶めいて
一匹の蛇のようになるのだけれど
うつろな目をしたトルソが
ぼくを見つめ　これから先
何をするの　と聞く

夭夭として暗緑の森から
飛び立っていく鳥のまぼろしを
ぼくは追う　一本の樹になるよりは
風になるべきなのかもしれない
だが俯瞰する風景は
どこもかしこも病んでいるではないか
たとえば道化師の笑い顔の下のかなしみ
チャイルド＝ソルジャーと呼ばれる少年の
さびしげな表情にかくされているいたみ
滅びへと追い立てられている種族のおそれ
それらに思いをめぐらせることのないまま
書架にかかった書物を
読み通したところで
これから先いったい　どうやって
生きていけばいいというのだ？

夢記

Ⅰ　水分《みくまり》で

水分で立ち迷ってしまった
見上げると　鳥たちが
すみとおる空を渡っていた
下草のなかにかくれて
死者たちもまた　澄んだ
目をして　何かを見入っている
風情だった　手に触れた
水は冷たかった　しんと
こころにしみた　旅人が
杉木立のなかから現れたが

一瞥したまま　何も
語らずに　尾根の方へ
向かった　「背姿が
しぐれてゆく」*1 ようだった
まだ淡い夏だというのに
もみじを急げ　もみじを
急げと　颪はささやいて
吹き過ぎているようだった
すべては滅びへと
向かっているのだろうか
何かいぶかしかった
水霊たちが　深い思念を抱いて
飛び交っている　そんな
気がした　黒髪を
梳いているような岩があって

岩のなかに　すうっと
入ってゆく人影が　こちらを
振り返ると　見知った人の
顔をしていて　その人の名を
思い出そうとして　首を
かしげたまま　枝ぶりの
悪い木になってしまった
みくまりで　翔け渡る
鳥たちに恋い焦がれる木に

Ⅱ　個体

その個体は何か　判別できなかった
獣毛は数億年も前のものであることは

確かだが　かたわらに咲いていた
おみなえし　石は燃えるように熱く
真夏の森に　蟬の声は激しい水の
たぎちのようで　ホモ＝サピエンスよと
ささやき過ぎたのは風であろうか
それとも樹管を昇る地下水の
かすかにもらした声であろうか
うつし身とはふしぎだ
まぼろしと少しも変わらぬではないか
聞こえないはずの声を聞き
見えないはずのものを見ていなければ
生の確信を得ないのだから
鳴いているのはシジュウカラ
コムクドリ　いやあの声は
ミヤマホオジロではないか

チョウセンアカシジミが　触覚を
ふれ合わせる音もする　来世は
鳥あるいは蝶になろうかなどと
呑気に考えながら　山道を登って来た
途上　森のなかに入って
迷ってしまった　半獣半身のような
存在を　木立のすき間に感じながら
死者たちよりも　愛に病んでいることを
痛切に思い知るほかはなく
くさあじさいの千のひとみに
映っているぼくを　胡散臭いと
思い知るほかはなく　ここから
一歩踏み出せば　永久に家に
帰れない不安に脅えるのではなく
それを希っているこころをいぶかしみ

いぶかしみつつ　その個体に
変容していったのだ

Ⅲ　だれか

オナガが鳴いて　くちばしに
雀の子の肉のかけら
昭和史を開いたまま
机上に置いて　散歩に出た
道すがら　非在の岸辺から
見てしまった惨劇
川面に映る木々の緑
岸近く泳いでいる鮎の稚魚
未生のものたちも　あたたかな

水のなかで〔今度生まれたら
ギーコンバッタンしよう〕[*2]ゆらぎ
さわいでいる　水音に　何かしら
ニンゲンの産声に似た声を
顕たせて　岩は　その深みに
みごもっている　まだ
名付けられることのないものたちを
しぶきをあげる波が
そんな神話のようなものがたりを
口ずさむ中　水源へさかのぼってゆく
影はだれか　たしかに人の
かたちをして　たおやかに
腰をくねらせて
新しい神話のページをめくるように
その水脈のようなほそい指で

透き通ったひとみもて
みなそこから　じっと
みつめているのはだれか
億年を水のなかに住み暮らし
すべてを見知っているだれか
見者のかなしみを
せせらぎにして聞かせている
だれか　沈黙の
深い声を持つものよ

＊1　種田山頭火より改
＊2　中原中也「港市の秋」より改

手紙

白日の下
道は途絶しているかに見えた
引き返さなければならない
もと来た道を
五月のはじめの木々の
みどり　うすいみどりにならなければならない

あるいは十一月の野の原の
露と化さなければならない
生きるに拙かったぼくを
死の刻に　肯うためには

石のささやきを聞いた
見えないものを見た
永遠も

魚が陸へ這い上がってゆく岸辺で
妻と暮らした　決して平穏では
なかったけれど　いつか銀婚式を迎え
妻はくねくねと流動する水流となって
ぼくを呑み込んだ
そう　銀河のふちで
ふたつの星のように暮らした

〔水引草に風が立ち*〕

秋は鈴虫に乗ってやって来た
ぼくは寂寥が
星のように降る村で
今は地上にいない父や友たちに
手紙を書いた

ぼくは　信じていた
信じていた　いのちは
何もかもはじめから
やり直すだろう　と
だから引き返したのだ
もと来た道を

＊〔　〕内は、立原道造

虹物語

七色の虹に
ひと色を加えて
少年は絵筆を置いた

春の多摩川の上流の河原
水音にぼくは聞いている
「ラプソディ・イン・ブルー」

少年はじっと川面を見ている
まだ学校には行かないの
ぼくは聞く　小石を投げながら

少年は答えずに　立ち上がると
石切りをする　ひとつ　ふたつ
みっつ　よっつ　いつつ　むっつ

水の上を石が走る　ななつ
石が沈む　もう少しでとうだったのに
どんな願いを抱いて

少年は石切りをしているのだろう
パレットに残された　赤　青
緑　黄色　橙　紫　藍　そして白

少年は虹に
白をえがき加えていた

あしたから　行くよ

少年は　ぼそっとつぶやく
ぼくも立ち上がり　石切りをする
ひとつ　ふたつ　へたくそだなあ

少年が　ぼくを見て
にっこり笑う
いまのは肩ならしさ

空を見上げると
青い澄んだカンバスに
白一色を加えて

七色の虹がかかっていた

まぼろしを見ることも　時にはいいね
少年がまた　にっこりと笑った

無言歌

かれが木のようになっているとしたら
歩きなさいと伝えよう
大地がふたたび彼のものとなるように

かれがさかなのようになっているとしたら
岸へ這い上がりなさいと伝えよう
海がふたたび彼のなかで生まれるように

かれが小鳥になっているのだとしたら
誰かを呼びつづけなさいと伝えよう
空がふたたび地上に彼を捜しだすように

風が

風が　ときどき死者たちの
声を運んでくるときがある
死者たちの声は　なぜか美しい
肉体を失ったものたちの声は

だが声はことばにならない
音楽のようにひびくばかりで

そして生きているときの存在は軽く
死んだものたちの存在は重い
発芽する木々たちのめぐりで

太陽が典雅なロンドを踊る中で

蟬の幼虫がカサコソと音を立てている
地中から貌《かお》を出したもののなかに
優しい死者の顔を認めるとき　だれも
まだ死んではいないとつぶやく

だれもまだ　ほんとうには生きて
いない　だれもまだほんとうには死んで……

風が揺らして過ぎるぶらんこ
だれも乗ってはいない　死者たちに
席をゆずるぼく　ベンチに座って
目をとじる　まなうらにびっしりと

死者たちがひしめいている　ぼくは
影だけを残して　発つべきだろうか
死者たちの記憶の底に　たましいの
思い出として刻まれているあいだに

時空

大きな時空へ　ふとぼくは入り
そしてしばらく迷っていたようだ
気付くと　いつもの家路を
たどっていた　だがむすうの星星の腕が
ぼくを空に持ち上げようとした
その感覚が　まだ体のどこかに残っていて
ふとぼくは立ち止まる　杭のように
たたずむぼくを　だれか
空き缶のように
蹴り上げてくれればいいと
思ったとき　ぼくの中を

カランカランと
転がってゆく空き缶があり
少年の日の缶蹴りを思い出した
ぼくは鬼
ぼくは何だか急に切なくなって
しゃがみこんでしまった
すると青梅線ぞいに
咲いているまんじゅしゃげの真っ赤な花が
ぼくに問いかける
まだ生きていくのか
まだ人を愛さずにはいられないのか
ぼくは　わからないと答えるほかはなく
立ちあがると　また歩き出す
あと数十メートルで　家のすぐそばの
踏切　銀河鉄道の最終電車が

通り過ぎてゆく　シグナルが
鳴っている　まばらな
乗客たち　窓にしがみつくようにして
ぼくを見ている少年がいる
どこかカムパネルラに似ている
まあだだよ
少年の唇が動く
ぼくは気付く
まだ道の半ば

あとがき

生まれたからには、死なねばならない。自明の理のことが、このごろ気にかかる。それはいつか。のほほんと暮らしていたはずが、何かに追われているような……。

それをふり払おうとして散歩に出る。家の前を都道が走っている。大抵は左へ行く。その左手に川が流れている。川は遠く荒川に合流するという。川面いっぱいに、百日紅が枝を張り出しているところがある。その枝に時々カワセミがいて、水を覗きこんでいる。至福の時。追われているものの正体も忘れて、生きているっていいなと思う。そしてこの地に引っ越して来て四年。自分で物思い坂と名付けたちょっときつめの坂をのぼる。

生きているからには、詩を思わねばならない。詩を書くしか能がないぼくは、生きた証を詩にして残さなければならないなどと思いながら。この辺りで川は蛇行しているので見えなくなる。五分ほど歩いて、これも自分が名付けたちょっとゆるめの言問い坂に至る。そこで何か詩の糸口になるものが湧いてこないかと、立ち止まったり、ゆっくり歩いたりして詩を思う。左手には、また川が澄んだ水をたたえて流れている。坂の上から川を見下ろす形になる。ここ過ぎて二度とここに戻らない水。その水が話しかけてくる。詩が降りてくる気配だ。

詩を書くからには、愛さなければならない。生きることを、この世界を。たとえ詩がこの世には無用のものだと言われるにしても、愛を、生きることを表明しなければならない。ゆえにぼくの詩は、述志の詩とならざるを得ない。遠い日に確かに見た、戦争のない愛に満ちた地球を夢みて。

さて、今回コールサック社主の鈴木比佐雄氏と、編集その他でお世話になった佐相憲一氏に御礼を申し上げる。前回の詩集から八年、「禾」「コールサック」「サラン橋」「Ｅｓ」「いのちの籠」などに発表した八十余篇から厳選してもらった。ぼくの拙い詩の思いと祈りが届けばいいのだが。

二〇一七年九月二十七日

著者

崔　龍源（さい　りゅうげん）略歴

本名　川久保龍源（かわくぼ　たつもと）
　　　父は韓国人（崔は父の姓）。母は日本人。
1952年長崎県佐世保市生まれ。早稲田大学文学部出身。
1979年無限新人賞受賞。
1982年詩集『宇宙開花』（私家版）（鳥の会）
1993年詩集『鳥はうたった』（花神社）
2003年詩集『遊行』（書肆青樹社）（第3回詩と創造賞）
2009年詩集『人間の種族』（本多企画）（第9回現代ポイエーシス賞）
「サラン橋」発行。「さて」同人。
日本現代詩人会、日本文藝家協会、各会員。
現住所　〒198-0001　東京都青梅市成木4-671-1

石炭袋

崔龍源詩集『遠い日の夢のかたちは』

2017年12月15日初版発行
著　者　　崔　龍源
編　集　　佐相憲一・鈴木比佐雄
発行者　　鈴木比佐雄

発行所　株式会社 コールサック社
〒173-0004　東京都板橋区板橋2-63-4-209
電話 03-5944-3258　FAX 03-5944-3238
suzuki@coal-sack.com　http://www.coal-sack.com
郵便振替　00180-4-741802
印刷管理　（株）コールサック社　製作部

＊装丁　奥川はるみ

落丁本・乱丁本はお取り替えいたします。
ISBN978-4-86435-318-2　C1092　￥1500E